奇想

平岡直也

HIRAOKA
Naoya

文芸社

目次

奇想

カーテンのレース越しに差し込む朝の訪れをつげる眩い光を浴びて、僕は深い眠りから覚めた。

春眠暁を覚えずとはよく言ったもので、布団から這い出るのがこれほど躊躇《ためら》われるとは全くもって罪な季節である。

「お兄ちゃん、早く起きてよ!!」

と妹のサクラの機械がわりのモーニングコールに僅かな苛立ちを覚えながら、

「今、行く!!」

と強い口調で言い切って、階下へ急ぐ。

テーブルにはもうハムエッグとトーストが用意されていた。

母は、

「タケル、早く食べなさい、まったく!!」

と口調を荒げる。

毎朝の母と僕の媒体は妹のサクラにあるような気がしないでもない。

妹が僕にかわって母との意思の疎通をはかってくれているのだ。

「ケチャップねえかな」

なんて軽く呟きながら冷蔵庫を開け、中身のないケチャップのチューブに気付いて溜息をつく。

代用品として仕方なくマヨネーズをチョイスする。

手に取った調味料をプレート上のおかずにいつもより少し多めに垂らし、気怠《けだ》るそうに椅子に腰掛ける。

母は、そんな僕を見て、

「日曜だからって、何だらけてるの!!　大学のレポートは？」

なんて、小言を並べる。

意にそわぬ要求をされることが、僕にとって一番腹の立つことなのだ。

続けて、

「サクラもちゃんと勉強しなさいよ。今度の中間テストは最低でも平均点は取るのよ!!」

と母は言ったが、妹は気にもとめない様子で、

「勉強だけが人生じゃないわ。場合によっては芸術方面に進むなんて選択肢もあるんだから」

と受け流す。

「むしろお兄ちゃんのお寝坊さんの方が問題ありよ。ちっとも起きてこないから、フローズン・アイスか冬眠中の熊にでもなっちゃったんじゃないかって焦っちゃったわ」

そんな冗談を言う始末だから、サクラはただ黙り込んで反発できずにいる僕よりは諧謔《かいぎゃく》を弄するぐらいのユーモアセンスがあるように思われた。

そんなサクラに母も、

「あんたはタケルと違って口がまわるわねえ」

と呆れ顔だ。

妙な悔しさから僕は、

「大学っていうのはレポートよりも教養を身に付けることが第一優先の機関なんだよ」

と、へらず口をたたく。

妹も僕も能書きを並べては、ものごとをごまかすという傾向があった。

そんな感じで僕たち兄妹は無思慮な暮らしぶりをしていた。

母も結婚前は僕同様に海外文学好きの取り立てて目立ったところのない内向的な女性であったと父から聞いていたが、僕の知る今の小煩《こうるさ》い母からその片鱗は一ミリも感じられない。

母は田舎出身であったので都会に住むようになってから、狭い世界での競争、つまりは見栄の張り合いから解放され、自由にものを述べる気の強さを身に付けたのかもしれない。

母は気は強かったが、近所の井戸端会議に参加して隣人の悪評を連ねるような邪悪な心は持ち合わせてはいなかった。

それは祖父母の教育がよく行き届いていたからだろう。

思うに母は、田舎特有の土俗的な文化に向いていないような感じが見てとれた。

というのも、昔見た母がまだ田舎にいる頃のいもくさいなりが写された写真と比べて、今の母は年のわりに美魔女といってもいいくらいの、渋皮がむけた、いかにも都会の人といった洗練された華やかな女性になっているからだ。

田舎でのつまらない競争社会に身を置いたままだったら、今の母は存在しないだろう。

その時ふと田舎と都会ではどんな差異があるのかと考えた。

田舎という言葉には不思議な魔力がある。このフレーズは田舎に育った者に、山や川あるいは森などの自然が作り出した場所で日が暮れるまで友人と遊んだ思い出といった、ある種の心象風景を想起させる。

一般に田舎は「天然」であり、都会は「人工」といったイメージがある。

田舎には安穏といった言葉が似合い、都会にはやはり殺伐といった表現がフィットする。

仮に田舎という表現をしなかったとしても、それを暗に含むフレーズや状況、状態、場所は安全、安心といった鎧兜《よろいかぶと》を纏うのではないだろうか。

例を出すと、田舎といえるA村に住んでいるB君が彼の母親にひどい腹痛を訴えたとする。

そして母親から、

「C村の某先生が診てくださるからね」

と聞くと、おそらくは信頼のできる人情に厚いベテランで小太りの名医を連想しないだろうか。

つまり田舎という名詞をバックグラウンドにしている言語表現には、確固たる安全性という魔法が宿るのである。

しかし、田舎にも悪人は存在するということから目を背けてはならない。

おしなべて田舎という場における全ての住人が善人であるという決めつけはいかがなものか。

意地悪で性根の腐った老婆もいれば、狐の皮を被ったかのような卑しく浅はかな若い女性だっている。

ここで、カントリーの対照であるアーバンシティに焦点を当ててみるとする。都会には、十八世紀にイギリスで起こった産業革命に端を発する労働的産業性という言葉が似合うのではなかろうか。

ここにおいて最も重要なのは、田舎が安穏であり都会が殺伐といった現状における対比構造のイメージが無意識下に存在し得る、ということがあながち間違いとも言い切れないことだ。

究極に言えば田舎イコール平和であり、都会イコール戦争といった思い込みが存在するということである。

しかし、そのように都会の悪評ばかり並べていたのではどうにもばつが悪い。

もちろん田舎にだって欠陥はある。

周知のとおり日本における村社会には、現代に突入した今でも尚、〝村八分〟という悪しき慣習が残っている。

あまりに一個体としての集団のまとまりを尊重し過ぎるがゆえに、その枠からはみ出た者をつまはじきにし冷遇するといったものがまさにそれである。

では都会においてはそのような現象は頻繁に起こり得るのであろうか。

答えはＮＯである。

都市においては個人と個人との関連性から派生する集合意識はもはや薄れつつあり、そこに一個体としての集団という概念の介入する余地はない。

いかに隣人とのつながりが空虚で寂しく軽薄なものであったとしても〝親密〟過ぎぬゆえに発生する〝自由〟というものが確かにそこにはあるのだろう。

そもそも田舎と都会の二つを比較し、どちらが勝っているかという答えに明確な真理を見出すことができる者などいやしまい。

でも僕はスーパーマーケットより百貨店の方がいい。

そんなとりとめもない思索に耽っていると突然、妹が膝カックンをしてきた。

妹はお調子者で家族のムードメーカー的な存在になっている、アイドル狂いの中学二年生である。

日がな一日お気に入りのアイドルグループのメンバー写真を眺めては陶酔しきって

いる。

「おまえ、同級生に好きなやついないのか？」

と僕が尋ねると、

「届きはしない対象に手を伸ばそうとするのが乙女の宿命なのよ」

と、はにかみながら笑う。

画面越しに見ている人間にああも熱狂できる妹の気質が、僕には全くもって不可解だった。

妹は確かにオタクではあったが、母に似て丸顔のかわいらしい顔立ちをしていたから、陰で男子たちの人気を集めているらしい。

それだけにいっそう勿体ないと感じた。

妹はアイドルにばかり心をとられていたから、学業をひどくおろそかにしていた。

それが祟ってか妹の学業成績はあまり芳しくなく、クラスでも中の下辺りをさまよっている体たらくだ。

商社マンの父は、その語学の堪能さを買われてフランスに単身赴任をしている。父の稼ぎが良かったことから僕たち三人は父から振り込まれるお金を当てにしているのだが、生活苦とは無縁の暮らしぶりだ。

母は心霊現象というものがひどく苦手で、この家を購入する際にも、

「お化けは出ないわよね？」

と何度も繰り返し口にしたと父から聞かされていたが、そんな母も今では幽霊が出たとしても追いはらってしまうのではないかというくらい強くなっていた。

僕たちが住んでいる家は決していわく付きの物件ではなかった。

それもひとえに父の高収入の恩恵にあずかっているのだろう。

この二十二年間、この家に幽霊が出たり怪奇現象が起きたためしなど一度としてなかった。

僕は父がフランスに渡る際に、

「おまえが男として、俺のかわりに家族を守るんだぞ」

と、母と妹のことを託されていたが、僕はリーダーシップを取れるタイプではな

かった。

W大の文学部でフランス文学を専攻していた父は社内でも指折りのエリートで、僕がまだ幼かった頃からよく勉強を教えてくれたものだ。

僕が文学に興味を抱いたのも国語好きの父の影響かもしれない。

父は文学だけでなく哲学にも造詣が深かった。

僕は哲学が苦手だったから、高校生の時、哲学について父にこう尋ねた。

「哲学って、どういうものなの？」

「最近人がますます増えてきたね。いわば地球は容器のようなものなんだよ。そして人類や食糧は、その中に入っている水のようなものなんだ。容器がどれほど大きくても、一定量を超えると水はこぼれてしまうだろう。そのこぼれた水こそが、死に至る生命なんだよ。食べ物だってそうだろう。バケツ一杯に入れようとしても多ければこぼれてしまう。そのこぼれた分が捨てられる廃棄物になるんだ。増え過ぎた人類もまた、地球という容器から押し出されこの世界における居場所はなくなってしまうのさ。水にだってたくさん種類はあるね。人間だってそうさ。水は一般に蛇口から出るだろう。その前に日本では汚くて飲めない水を濾過《ろか》して綺麗な飲める水に変えるんだ。同様のことが人間にも当てはまるよ。汚い水を教育という濾過によって飲める水、すなわち社会生活ができる程度にするんだ。でもね、心底性根が腐りきった人間はどうしようもないよ。腐りきった水を濾過しても綺麗にはならないだろう。泥水に綺麗な水を足したって飲めないだろう。どうあがいても悪に染まりきった人間を元に戻すことなんて不可能なんだよ。罪にだってランクはあるさ。人として生きる以上、決して破ってはならない禁忌というものがあるんだ。その領域に足を踏み入れてしまった人間はもはや神の定めた戒律に背いてしまっているのさ。そんな人間を人間の力で変えることは不可能なんだよ。

この世には、人間が法の名のもとに定めた憲法上の罪であるｃｒｉｍｅと道徳上の罪であるｓｉｎがあるんだ。ｓｉｎを裁くことができるのは神々だけなんだよ。じゃあ今の世界はどうだろう。食糧の数がバケツである地球に対して多過ぎるだろう。でも一部の地域においては食糧が足りずに対立が起きているね。そう考えると、昔と容器の大きさは変わっていなくても飲めない水はいつの時代だってあるよ。でもね、とっても綺麗な水だってあるんだよ。今でいうところの天然水だよ。人に例えた時それを〝聖者〟というんだ。例えば怪我をして傷口に泥水をかけたら、ばい菌が入ってますます悪化するだろう。でも綺麗な水は傷口を清潔にして治してくれるんだよ。要するに、徳は人を救済するけれど邪気は人を堕落へと導くんだ。人同士の関わりにも同じことが言えるんだよ。だからこそつき合う相手は慎重に選ぶ必要がある。

ところで最近、地球温暖化に拍車がかかっているね。暑い所に長時間、水を放置すると腐ってしまうよね。でも冷蔵庫に入れて冷やしておけば長期間飲むことができる。同様のことが人にも言えるよ。老いないようにいつまでも若く保つ方法として、科学技術における冷凍保存という手段があるんだ。そこでは眠ったままの状態になるんだけど、体内年齢は止まる。でも僕はこう思うんだ。たとえなくなってしまうとしても、水は飲まなきゃ意味がないってね。人生も限りがあるよね。年齢もそうさ。いつまでも生きていたら趣《おもむき》がないだろう。終わりがあるから皆頑張るんじゃないかな。じゃあ教育についてはどう思う。カルピスを冷たい水で割ると美味しくなるよね。でもコーラに水を混ぜたら飲めたもんじゃないだろう。要するに人間を水と見立てた時、教育は混ぜるものなんだよ。割るものによって水は美味しくもなるし不味くもなるよね。このことは人間にも当てはまるものなんだ。広く言えば宗教や思想、環境にも当てはまることだよ。コーヒーに例えてみることとしよう。ブラックしか飲まない人、砂糖を入れる人、ミルクを入れる人、ホットしか飲まない人、アイスしか飲まない人なんていう区分けだよ。人間の性格だってそうだよ。気質や好みだって千人いれば千通りの個性があるんだ。要は千差万別ってことだよ。今の日本は、共通性ばかりを求めるけどそれは窮屈さを生んで個性を殺してしまうことになると思うよ。僕はね、コーヒーの飲み方よりもそのコーヒーをつくる際の水を綺麗にすることを最重要視するべきだって思うんだ。こういうことを考えることが哲学の基本なんだよ」

と父は言った。

僕は、父の説明の意味がよくわからなかった。

それはさておき、父はエリートであるにもかかわらず温厚篤実な人柄であったので部下からの人望もひとしおであるらしい。父を慕う部下の方たちはたくさんいるようだ。僕は多くの懐刀がいる父に尊敬の念を抱いていた。

僕は父から薫陶を受けたが、父ほどの気宇壮大な人物には到底なれていない。

そんな父と母との出会いは、街の図書館で伝記ものの一冊の本を同時に手に取ったことがきっかけだったらしい。

その本のタイトルは『ファーブル昆虫記』である。

そんなことを反芻していると、母がまたぶつぶつと僕に向かって愚痴をこぼし始めた。僕は母を後目に、

「日曜ぐらい自分のペースでやらせてくれよ」

と吐き捨てるようにピシャリと言い放った。

そんな僕の言い方に気を悪くしたのか母は、

「まったくどうしようもない子だわ……」

と、頬杖をつきながらまたぶつぶつ言い始めた。

僕は、

「そんなに取り越し苦労ばかりしてると皺がますます増えるよ」

と空気の読めない返答をしたものだから、いよいよ母の怒りは頂点に達したよう

だ。

僕は大人になりきれていなかったため、学生であることを隠れ蓑にして自由気ままに振る舞っていた。

自分にはピーターパン・シンドロームの兆候があったのかもしれない。最大の原因は怠惰な気質にあるのかもしれない。

僕たちの口答えが却って母の感情を逆なでしたようだ。怒り心頭に発したせいか、母は僕たちを鋭い眼差しでにらみつけた。

ばつが悪くなった僕は大学のレポートも手に付かない気分だったので、リラックスも兼ねて鈍りきった体をほぐすためにちょっとした散歩でもすることにした。

僕がＡＢ型特有の気分屋で思いつきで行動する節があったことも、この突発的な散歩という行動と関係しているのかもしれない。

運動不足で凝り固まった体をおもむろに動かし、僕は家の外へ出た。

春のうららかな陽射しを浴びてすっかり気分を良くした僕は、周りに聞こえるのも憚《かばか》られると思い、

（サイッコー‼）

なんて心の中で呟いて、気持ちの良いそよ風を全身に受け止めて颯爽と歩いた。食後の散歩は気分が良い。

自宅を出てしばらく歩いていると、ふと目の前にある民家の軒下に小鳥が巣を形成しているのに気付いた。

平素なら鬱陶しく感じられるそのさえずりが、何故だか今日に限ってはひどく耳心地の良いものだから、春という季節のもつ魔力とは甚だ恐ろしいものである。

時の経過もすっかり忘れいつの間にか自宅からずいぶん離れたショッピングモールにまで足を運んでいた。

しかし突如として、就活前に今までに落とした単位を取らなければならないという焦燥感にかられ気を重くした僕は、提出予定のレポートに取り掛かるため家路を急ごうとした。

そんな折、ショーウインドーに映った自分の顔を見て僕はギョッとした。

「えっ‼　何だこれ⁉」

思わず口から言葉が漏れた。

我ながらこれほどまで驚愕したのは生まれて初めてのことである。

僕は、自分が目にしたものが真実とは到底信じきれぬと言っても決して大袈裟過ぎないほどの衝撃を受けた。

突然の出来事に、僕は色を失った……。僕の身に起きたことはまさに青天の霹靂《へきれき》とでもいえるものであった。

この現象は忌々《ゆゆ》しき事態と思われた。

僕はこの異常事態にどうしていいかわからず取り乱してしまっていた。

そこには、紺色のカーディガンを羽織った緑色の皮膚をした化け物が映っていた。

その姿はもはや魑魅魍魎《ちみもうりょう》の類と言ってもいいぐらいのおぞましさだった。

僕は都心の私立大学の文学部に通っていたので、おおよそ理系で扱う生物という科目からは縁遠かったが、幼少期に母の実家がある信州の田舎に家族みんなで帰省した時に裏山で見たカマキリそのものであった。

そのショーウインドーに映った化け物を見た時、僕は狐につままれたような心地がした。

僕はその刹那ひどく狼狽した。

しかしその動揺をあからさまに顔に出すのもどうかと思われた。

僕の歩いているショッピングモール付近にはちょうど大勢の人がいたから、いわゆるマスメディアのテレビ番組がよく放映している一般人に対するドッキリを仕掛けているのではないかと勘繰ったからだ。

もしドッキリなら、仕掛人がいずれ現れるだろうと思って傍のベンチに腰掛けて半刻ほど待ったが一向にメディア関係者も来ない。となると、ドッキリではない、と半ば確信めいた面持ちで、頭上の太陽をじっと見つめていた。

僕は頬を伝う汗を拭いながら、そわそわとしてえも言われぬ不安にかられた。

焦っていたせいか、ひかがみがじっとりと汗ばんでいた。

時刻はもう昼だった。

僕は意を決して日傘をさしている年輩の貴婦人に、

「僕、顔に何か付いてます？」

と、言外の意味を含みつつもそれを隠して、ことの真偽をはかろうとした。

「いいえ、何も付いてないわよ、変な人……」

と女性は僕を不審者とでも思ったのか、呆気にとられたような表情で口をポカンと開けていた。

どうやらこの貴婦人には煙幕を張って尋ねたことは悟られなかったようだ。

焦った僕は、

「いやあ、ちょっと顔が痒かったから蚊にでも刺されたのかなあと思って、すみません。アハハ……」

と引きつった作り笑顔でその場を取り繕った。

僕どうしちゃったんだろう？

難病か奇病にでもなってしまったのかと、ひどく不安な心境に陥ってしまった。

僕は一週間ほど前に近所の眼科でコンタクトレンズを購入する際に必要とされる診察を受けたが、異常は見られなかった。目でなく脳に問題があるならば、特有の疾病の兆しである頭痛や立ちくらみ、ふらつき、もしくは言語障害などがあってもおかしくはないだろうとの思いから、素人考えながらも病とは思えなかった。

それどころか、体調は極めて良好だったから余計に錯乱した。

家族に相談しようにも、

「何、馬鹿げたこと言ってるの？」

と母になじられる光景が目に浮かんだし、アイドルのことで頭がいっぱいな妹には相手にすらされないだろう。むしろ蔑視されるのが関の山である。

最終手段として、単身赴任中の父に頼ろうという考えが頭をよぎったが、すぐに遮断した。というのも、父が家族のためにフランスで仕事に精を出しているのがわかっていたし、そんな父に余計な心配をかけるのは気が引けたからだ。

病院に行った方がいいかもしれないという思案が浮かんだが、一時の判断で即座に決められるほど安直な問題ではなかった。

何故なら、医師に正直に話すか否かという選択に頭を悩ませていたからである。

そもそも現代の医療において、この様な症例は特殊なケースと思われたからだ。

その時の僕は、一度入ったら二度と出られないブラックホールに引きずり込まれるほどの重力を、あのカマキリの姿を映したショーウインドーから感じ取っていた。

つまりあの化け物は複雑怪奇なラビリンスの象徴であったのだ。

もしこのことが公になってしまったら、裏社会の秘密結社の関心を引くところとなり得るかもしれない。

そして、その団体の意向により自由や尊厳を奪われ、あまつさえ都合のよいモルモットとして扱われ死んでゆく可能性もゼロではないだろう。

そんな人生の末路を辿るのではないか、と不安に駆られた。

ぼくの身に起きたこの現象は、医学界における常識という概念を根底から覆す、コペルニクス的転回と称しても差し支えないだろう。

一般市民の僕一人が犠牲になることなど、この地球上からすれば、小さな取るに足りない一個の生命体が消失するに過ぎない。

それは恐ろしく悲しい現実であった。

強者が弱者を蹂躙《じゅうりん》することが、かつて大国が小国を植民地化した原因となった進歩主義という思想に酷似しているかと思うと、歴史は繰り返すという言葉が頭をよぎった。

　そんな折に、以前ギャラリーで見た、絶望をテーマとするエドヴァルド・ムンクによって描かれた、彼自身の病気や死に対する不安を表現した『叫び』と題された絵が脳裏に浮かんだ。

　芸術も、歴史という物語の一部分を担っている文化そのものであることは言うまでもないだろう。

　だが、自身の推論とは別に、もう一人の自分はこの状況に焦る僕を冷静に客観視して、取りとめもない恐怖に怯える僕に対して、呆れ、惻隠《そくいん》の情を抱いている、そんな心地がした。

　仮に疾病でないとするならば、僕はゆくりなく〝怪物〟へと変貌してしまうのではないかというＳＦチックな思案が発露した。

　僕は何の生産性もない凝り固まった概念に固執してしまっていた。

　それはいくら推測しても憶測の域を出ず蓋然性《がいぜんせい》の乏しいものに過ぎなかった。

　カマキリの顔をした化け物が家に帰って来ても母も妹もおおよそ僕とは気付かぬだ

ろうし、説明を試みようにも悲鳴が先行し、家を飛び出すかパニックに陥り腰を抜かすといった行動を取るのも想像に難くない。

その時ふと湧きあがった考えとして、自分はひょっとすると大人物の器なのかもしれないと訳のわからぬ思念が頭をもたげた。

こんなにも困惑のさなかにいる一方で、一応、心の核《コア》の部分では平衡を保っているからだ。

これでは帰宅もできない。

ベンチに座り込んですっかり閉口してしまった僕は、ふとあることに気付いた。

僕が化け物ならば、何故この賑やかなショッピングモールにいる人たちは僕の姿を見て奇怪な出来事に遭遇したかのような素振りを見せないのか。

不思議なことに周囲の人々は僕を見ても悲鳴をあげるどころか、平然たる顔つきで別段驚く様子も微塵も感じられない。

昨日までは何ともなかったのにどうしてだ。

これでは海外文学でいうところのフランツ・カフカの『変身』をそのまま模倣した

かのような状況に極めて酷似しているではないか。

僕は内心あの醜い虫と化してしまった例の主人公のような悲惨な末路を辿るのではないかと、言いようもない絶望感に突如として襲われた。

あの作品は、文学好きの僕が最も生理的に受け付けないほど読後感の悪いことこの上ない作品だからだ。

(昨日、僕は何か良からぬことでもしたのか)

と、自問自答をし始めた。

今まで自分一人だけの力で事を成してきたと思い込んでいたが、こんな時にだけ、

(ああ、神は何て残酷なお方だろう)

と嘆くものだから、ひどく卑しい心の持ち主であると自認した。

僕は自身の昨日の行動について思い返していた。

僕は昨日、幼馴染みのアヤカといちご狩りに出かけた。

彼女とは家が近所で小・中・高と同じ学校で大学こそ違えど、幼少期から親しいつ

き合いをしていた。

昔から僕の家族はアヤカの家族とは昵懇《じっこん》にしていた。

アヤカは地元の女子大へ進学したが、僕たち二人の交流は相も変わらず今でも続いている。

いちご狩りに誘ったのは、アヤカの方からだった。

無論、僕もその誘いにはまんざらでもなかった。

というのも、果物好きという二人の共通点があったからだ。

アヤカは僕がいちご狩りに行くと返答すると相好を崩した。

アヤカの笑顔は彼女自身の持つ無垢な心を表していて、それゆえ笑うという才能においては、誰よりも優れているとその時僕は思った。

アヤカはよく、

「タケちゃんってモテるよね。私の友だち、タケちゃんのことイケメンだから彼氏にしたいって言ってるよ」

と男女間の友情にそぐわない歯の浮くようなことを平気で口にするが、負けじと僕

も、

「君だって、彼氏が絶えたことないじゃないか」

と軽く返す。

アヤカは切れ長の二重瞼でシュッとした真っ直ぐな鼻をしていて、そのうえ高身長のモデル体型ときたものだから、周りの男子たちも放っておかない。おそらくは、目もあやな紅一点の花であったことだろう。

僕の方はというと、小柄ではあるものの端正なマスクをした中性的な美男子と近所ではもっぱら評判だったものだから、端から見たらさぞかし似合いの男女と見られていたはずだ。

ひょっとしたらカップルになってもおかしくはなかっただろう。

僕とアヤカは男女の仲においてはつかず離れずの関係にあった。

しかし、根底では無意識のうちに恋愛対象として見ていたのかもしれない。

もし、恋仲に発展したら長年の友情にひびが入るということも重々承知していた。

それゆえ僕たちはお互いを恋愛対象として見ないという不文律があった。

お互いにカップルというよりは兄妹のような感覚であったというのも、その理由としてあげられるだろう。

おそらく同級生の男子のほとんどが、アヤカの関心を引こうとしていたことを思い出す。

僕の側からすれば、特別異性として扱うというよりむしろ知己として妙に馬が合った。

彼女は美女であるだけでなく素晴らしい人格の持ち主であるから、悪女の深情けという言葉すら薄ら寒く感じてしまう始末だ。

いちご狩りには制限時間が設けられていたので、僕は一心不乱にいちごを頬ばった。

僕には妥協知らずなところがあった。

そんな品性のかけらもない振る舞いが気兼ねなくできるほど、僕たちは男女の垣根を越えた親友だった。

アヤカは花も実もある人物であったから、彼女から学ぶべきところは多かったように思われる。とても清廉潔白な女性でもあった。

アヤカは口中にいちごを頬ばった僕を見て、

「そんなに慌てて口に入れると喉につかえちゃうよ」

と、まるで母親が子どもにするように窘《たしな》めて綺麗な顔をクシャクシャにして笑っていた。

というのも彼女には生まれながらの気取りのなさがあったのだろう。

そんな彼女に僕は、

「せっかく遠路はるばる来たんだから食べられるだけ食べないともったいないよ」

と開き直りすらした。

僕には唯我独尊の気があった。

そんなシニカルな僕の気質を彼女はよく受け止めてくれたものだ。

いちご畑での僕の振る舞いは吝嗇《りんしょく》そのものであった。

朱に交われば赤くなるというが、僕の人間性は彼女のそれと比べると、ひどく低俗だった。

僕は、

「人間のいいところはね、食べ物をしっかり摂取して栄養をとると思考が上手く働いて画期的なアイデアを発案することのできる宝箱を有しているところなんだよ。食べ物は肉体を形成するという役割を与えられていて、それはいかにフルーツという洒落っ気を帯びた物だとしてもその概念を逸脱することはないんじゃないかな」

と言い放った。

この世には、恥知らずの人間などいない。それゆえ表立って物事の正当性を主張した僕だが、心中においては些末な気恥ずかしさが頭をもたげつつもそれを否定する謙虚さを持ち合わせていなかった。

ゆえに、彼女に対して極めて強気に振る舞った。

「そんなに食べちゃったら、この農園にいる虫たちの分がなくなっちゃうよ」

と彼女は言った。

僕たち二人が談笑していると、年の頃四十代半ばくらいの中年男性が周りの人を押しのけていちごをもぎ取っていた。

それを目にして彼女は、

「人間ってよくよく考えてみると、すごく愚かな生き物だわ。神様もなんでこんなものを創造したのかしら。元々、土の塵から人の鋳型を作ろうとするなんて神様も安易だわ。少しは環境のことも考えて生物を創り出してほしいわ」

と言った。

そんな彼女に、

「僕には環境問題なんてどうでもいいことだよ。それよりも涼しい部屋でコーラでも飲みながら映画を観て過ごしたいものだね」

と自論を展開した。

「あなたは自然をなめ過ぎだわ。労働だって自然が人間に与えた使命なのよ。ただ楽に生きたいとだけ願うなんて都合が良すぎるわよ。せっかく智恵を授かったのに」

と彼女は苛立ちまじりに言った。

「神様の最高傑作は人間だと言われているわ。でも誰がそれを知り得たというのかしら。仮に、人間が自らそれを定義づけたとしたらすっごく傲慢だわ。あと私ね、人間だけに生殺与奪が許されているっていうことがおかしいと思うの。この世界における どんな生命体であろうとそんな権利は与えられてはならないのよ。搾取《さくしゅ》する側とされる側なんて差異、本当はない方がいいんだわ」

と彼女は顔を真っ赤にして付け足して言った。

彼女には、和して同ぜずのスタイルが一貫してあった。

彼女は見た目の麗しさだけでなく、外柔内剛の人だった。

ゆえに、自身の意見を曲げるということはほとんどなかった。

その時何故だか彼女の目に光るようなものが見えたような気がしたけれど、見間違いだと特に気にも留めなかった。

僕は相手を無視して強引にものごとを進めるタイプの気質だった。

「虫のことなんか気にしてられないよ。この世界は人類至上主義なんだから」

と、人間以外の生命体が言語を理解できたならばその逆鱗に触れてもおかしくないほどのことを言った。

僕には決定的にアニミズムの思想が欠落していた。おそらくは倫理観の崩壊を起こしているのだろう。

僕の思想の根底にはヒューマニズムが溢れていた。加えて僕には杓子定規なところがあった。

あり得ないことだけれども、かのファーブルもそれを聞いたらさぞかし激昂したことだろう。

僕が人類至上主義を彼の目の前で説いたら、彼はそれを容認しがたい発言とみなすことだろう。

それくらいあの時の僕は傲慢だった。

いちご畑での僕の行為はひどくさもしかった。

思えば、あの短い時間のうちに何者かの視線を感じたような気がする。

僕の虫に対する応対もある種の後ろ暗さがあっただろう。

思わず僕はゾッとした。

あの時に〝一寸の虫にも五分の魂〟ということわざを意識していたならば、あんな言葉を吐かなかったのに。

僕が昨日犯した過ちによって報いを受ける時が今なのかもしれない。

僕はひどく後悔したが時は既に遅かった。ふいに物や人間以外の生命体にも考えは宿るのではないかと熟考した。

思索とは人間のみが持ち得るものであり、単に答えを出す際のプロセスとしてその思考の延長線上にあるものなのであろうか。

しかし、そう定義づけるのではあまりにも安直過ぎる。

つまりそれはあまりに俗物的な考え方なのである。

思索の行き着く先は判断であり結論であるとするのは、答えを導き出す、いわゆるマスマティックスという学問の概念であり、それとは意を異にする。

僕の考えでは、思索とは英語でいうところのスペキュレーションであり、ものごとを掘り下げて推論することである。

そこにおいてはその行為そのものが重要であり、答えが出るかどうかという問いはさして問題ではない。

思索自体が元々、高尚な行為だからである。

では人間のみが思索をするのであろうか。いや、この世の森羅万象に思考は宿っていると見なすのもひとつの案である。

しかし、モノは思考を行わないという至極当然の定義がはびこっている。

モノには感情が存在し得ぬと人間が決めつけているからである。

これに対して反例を挙げるなら、良い例えが電化製品の故障である。

具体的に言えば、テレビや電子レンジあるいはラジオ等は使い手の不安定な感情をキャッチし、それに触発されて故障する傾向があるという説がある。

また人形にも魂が宿っているから、それを無下に廃棄すると呪いにかけられるという教えから、神社などの神聖な場所での人形供養が行われている。

昔の人の教えでモノを大切にしないと不幸になるという言い伝えがあるのにも納得である。

つまり少しでも心中にその概念をはらんでいる人にとって、「モノには魂がない」という定義は意味をなさない。

モノに溢れている現代にこそ、思索とそれをモノが行うかという思索というパラドックスが必要とされているのかもしれない。

あの時農園にいた虫たちが僕に呪いをかけたんじゃないだろうかと憶測したが、遅々として明確な結論を導き出すことはできなかった。

あの虫たちと再び出会う確率など天文学的な数値と言えるほどゼロに等しいし、大体言語が通じぬ相手に詫びを入れることなどできようか。

よって、僕にかけられた呪いを解く術はない。

そもそも何が良くて何が悪いかの線引きなど完全にできるはずがない。

僕はその時、この世における真理に思いを巡らせた。

暗闇を照らすものが明かりである。

ならば、暗闇無くしては明かりは価値体系を形成し得ない。

つまり明かりは暗闇によって初めて意味を持ち得るのである。

同様に光と闇について考えてみる。

この世における善行、悪事は光、闇で全て表現されるならばいささか窮屈ではないだろうか。

もし仮にこの世における全ての現象が善に限定されるとしたら、非常に奇妙で気味の悪いものである。

一方で逆に全てが悪事で満たされるならば、それは地獄絵図である。

要は配分、すなわちバランスが重要なのである。

善悪あるいは光と闇の概念は時代、社会、文化、状況によっていかようにも姿を変えることができる。

スポーツ、絵画、学問等この世における様々な分野で光と闇の概念が存在している。

例を三つ挙げてみるとしよう。

スポーツとしての野球を具体例として考えてみる。常勝軍団といわれるチームの陰には万年最下位のチームが存在することも事実である。

また絵画においても、名画と絶賛されている作品は凡庸と評価を下されている数多もの作品を踏み台にしている。

最後に学問においても、常に試験で九十点以上の点数を獲得し、いわゆる優等生と認可される学生の引き立て役になっている、毎回赤点の劣等生の存在がある。全ての学生が同等の学力を有しているならば落第もないだろうが、学問に対する熱意や楽しみも消失してしまうだろう。

ここで趣旨を変えて、正義と悪について考えてみる。

ある社会で正義とされていることが、別の社会では悪とみなされることがある。

過去の戦争の歴史に思いを馳せてみる。

太平洋戦争下における原子爆弾投下は、日本側からすればアメリカ最大の悪事である。一方で、真珠湾攻撃で多くの同朋を失ったアメリカ側からすると、これは日本に対する正当な報復であり、正義の鉄槌を下した至極真っ当なリベンジである。

また人称名詞においても善人、悪人という定義は非常に曖昧で極めて抽象的である。

万事において善を施し悪事を一切なさないという人間こそ、あまりにも希有で見つけがたい。

そのような人物はもはや善を通り越して聖であり、いわゆる聖人といっても差しつかえなかろう。

また悪人といっても常に悪事に手を染めている人間など存在するのだろうか。

そういった意味においては、善悪とは非常に定義し難い要素であるのかもしれない。

もしも善悪が完全に定義される世界が存在するのならば、全ての思想及び行動は一様に同一でなければならなくなるであろう。

そんな概念とは別に、天の報いは着実に姿を現し始めていたのかもしれない。

つまり、あまりに傲慢過ぎた僕に対し、神様は天の配剤という形をもって僕を罰したように思われた。

僕は落ち着かない様子で家路を急いだ。

しぶしぶ僕はカマキリの顔をして家路についたが、母も妹も日常と何ら変わらぬ素振りで僕の姿に何の異常も感じていなかった。

「もう今日のことは忘れよう」そう自分に言い聞かせ、すっかり気分を切り替えた僕は未修得の単位を取ることにいそしんだ。

あのショーウインドーに映ったカマキリを見た時は心底肝を冷やしたから、未来へと進んでいける今の幸せがいっそう心に沁みた。

だが、やるべきことはまだ残っていた。

満を持して就職活動をするための単位修得こそ必要なことであった。

そしてようやく全ての単位を取り終えた。

残すは就職活動だけである。

だが周りの学生と違って僕は就職先を給与で選ぶようなことはしたくなかった。

人間同士の付き合いがしたいのであって、金を仲立ちとした交流はくだらないものと考えていた。

それゆえ僕は収入には興味がなかった。

今まで金銭に困窮したことがなかったのもその一因だろう。

皆が金に執着しているのを見て僕は、この貨幣という存在を疑問視し始めていた。

金ゆえに人は堕落するものではなかろうか。古代より人間は金という共通の価値指標を作り出し、それに価値という意味を付与し物との交換を行ってきた。

そのため人は金という媒体に支配され、物質的な充溢《じゅういつ》や不足を巡って争いの歴史を綴ってきた。

しかし金は万能な物なのだろうか。

例えば験担ぎに神社に行き、賽銭箱に賽銭を投げ入れたとする。だからといって幸運は必ずしも保証されるものではない。もともと人々が崇める神々という存在は想像上の産物であり、ゆえに実体をなさない。したがって、そのようなものに固執しても幸運は姿を現さない。

仮に僧侶に布施を渡したとしても、邪気はその姿を消すことはない。

その渡した金が善をなし神仏の恩恵にあずかることができるなどという妄信は人間特有の哀れな思想であり、愚の骨頂である。

ただ僧侶の懐が温かくなるに過ぎない。

それと比べて自然界に生きる動物はどうだろうか。

知能というアイテムを持ち合わせておらぬゆえに、金という目的に踊らされることはない。

結果として物質という煩瑣《はんさ》なものに支配されることもないだろう。人間は金や物質という価値観から解き放たれ、太古の昔に戻るべきなのではなかろうか、と切に感じるのである。

そしていよいよ就活の時期が迫ってきていたので、スーツを新調する目的で紳士服店へと向かった。

その頃にはあの嫌な記憶などすっかり忘却され、鏡に映る自分も人間の青年の顔をしていた。

あの日以来、僕は退屈な日々を送っていた。僕は生まれてこのかた、根無し草のような生き方をしてきた。

就活は、そもそも就職したくない僕にとって憂鬱なイベントであったが、自立した大人になるための通過儀礼、言い換えれば新たなる航海に出るためのイニシエーションと意気込んで、いかにも冒険家の心づもりをして自身を鼓舞した。

そんな僕はスーツ選びに希望に満ちた未来を連想していた。

その一方でまたカマキリの容貌に戻ってしまうのではないかという一抹の不安がな

かったと言えば嘘になる。

不幸にもその不安は現実のものとなった。

スーツを試着した僕に店員は、

「よくお似合いですよ」

と、いかにも似合いの品を選んだという口調で誉めちぎったが、姿見に映っていたのは紺色のスーツを身に纏った、あのカマキリだった。

事態は僕の予想どおり元の木阿弥となってしまった。

僕は口をあんぐりと開けてスーツの購入を放棄し、逃げるように街を彷徨《さまよ》い歩いた。

再び現れたあの姿を見て、自分の運命について腐心し嘆き悲しんでいた。

「またか……」

僕は何度もその言葉を口にしていた。

いよいよ僕はおかしくなり、絶望の波が押し寄せてきたような心地がした。

とりわけ僕を当惑させたのは、他人の容貌は人間の形態をなしているのに鏡に映る自分だけがカマキリの顔をしていることであった。

あの日を境に僕の姿は人間の青年から不気味な緑色の昆虫に変わっていた。

元来の造形の美しさに端を発するナルシシズムを有する僕にとって、鏡に映る不気味な醜い化け物の姿がひどく自尊心を傷つけた。

僕は真理を受け止めきれるほど冷静ではいられなかった。

むしろ偽りの感情に屈服するという点においてはすこぶる従順であった。

僕は何のために存在し、神々から生命という恩恵にあずかっているのだろう。

自身の宿命について考えると何故だかひどく恐ろしい心地がした。

というのも僕自身が自己の存在に対し、得もいわれぬ不信感を募《つの》らせていたことにほかならない。

こうも幸福というものが顔から消失してしまうと、人間ではなく怪物になってしまったという感覚に陥った。

僕はこの世界の住人ではない。

おそらくは別の惑星から来て、この地球という星を仮住まいにしているのだろう。

そんな考えに取りつかれていた。

僕の根ざしている場所は本来あるべき所ではない。

すっかり狼狽した僕は、もはや見る影もないほどひどく荒んだ顔立ちをしていた。

現実を受け入れることはある意味、自身を欺くことよりもはるかに難しいということをここにおいて実感する。

真実は時として虚構よりはるかに残酷な事実を映し出す鏡にほかならないからである。

僕は自分の姿が何とか人間に戻らないかと一縷の望みをかけたが、徒労に終わった。

一瞬、叫びたい衝動に駆られたが必死に堪えた。

やがて鏡を覗き込むのも億劫になり、この理解し難い現実にも辟易としていた。

絶望した僕は、できることなら中国にあるという仙人が住んでいたと語り継がれている蓬莱山《ほうらいさん》にでも赴いてこの呪いを解いてもらいたいと思った。

「自分には功徳が足りなかったのか？」

そう考える傾向にあった。

僕のこの厄介な状況も膠着状態が続いてしまっていた。

相談できる相手もいないうえ内容が内容なだけに解決の糸口も見つからず、人生の袋小路へと迷い込んでしまった。

物事が暗転しつつある予兆を感じ取っていた。

この異常な問題は看過できることではなかった。

それゆえに、打つ手なしという状況にジレンマを感じていた。

慰みを求めようにもこんな荒唐無稽な話を誰が信じようか。

唯一求めていたのは今までどおりの寧日の日々だけだった。

人生は早くも斜陽に差しかかっていた。

その後いくら思案しても一向に答えは出なかった。

僕は何もかもが嫌になり自暴自棄の心中から、就職活動すら断念した。

このままでは精神の崩壊は必定だと認識し始めていた。

僕は桃源郷に行きたいという願望が強くなってきつつあった。

とうとう運命の岐路に立たされた。

そこで神は二つの選択肢を与えた。

楽に坂を下るか、それとも険しく急な坂をよじ登るか。

僕は安易に前者を選んでしまった。

そこで思い切って筏《いかだ》で海を渡り、人が存在しない無人島で生涯を全うすると、自分自身に固く誓った。

僕は人には左右されない、むしろ人を動かす側と思い込んでいるような高慢ちきな人間だったが、つまるところただの弱い一人の男に過ぎなかった。

春秋に富みながらも自らの将来を棒に振って島に渡る決意をしたのだ。

精神の崩壊から逃れるためには孤独の道を歩む決意をするほかに、現状の打開策は残されていなかったのだ。

小さな者である僕が、遠くて暗い森へと恐れずに進んでいく。

その時ようやく活路を見出すことができるかもしれない。そう感じた。

僕は家庭教師としてこの四年間アルバイトをしていたことから、多少の蓄えはあった。

　そこで、街を出る前にお世話になった人たちに贈り物をしようと計画した。

　どうせ人っ子一人いない場所で人生を終えるのなら、多少の金銭感覚の欠落など全く問題にならないと考えたからだ。

　僕は暗々裏に事を進めることにした。

　島へと旅立つ別れの晩、これが今生の別れになると腹を括り、あえて母と妹に自身の選択を告げず、二人がぐっすりと眠りについたのを確認した。

　母も妹も高いびきをかいて眠っていた。

　そして熟睡している母の傍らにそっと、母の大好きなイギリスのロックバンド「クイーン」の名曲である『ボヘミアン・ラプソディ』のシングルＣＤを置いて、この曲の歌詞になぞらえて、

〝さようなら、大好きなお母さん〟

　と記したメモ用紙をＣＤの上に置いた。

　メモ用紙は少し濡れていた。

今なら、フレディ・マーキュリーの気持ちがよくわかる。

その時の僕は自身の心情とその曲の歌詞がリンクしていると感じた。

僕は心の内側から湧き出るこのセンチメンタリズムとでもいえるかのような感傷的な思考にすっかり浸り、いわば自己憐憫《じこれんびん》の念に駆られていたのかもしれない。

内心僕は惜別の情を禁じ得なかった。

それからそっと音を立てないように忍び足で妹の部屋に入り、前々から彼女が欲しがっていた「K＆P」の写真集を枕元に置いた。

父とはもう五年も会っていなかったからひどく悲しい心持ちがしたが、永遠の別れを予期してあらかじめ算段をつけておいた。

三日前に、昔から我が家によく訪れて来ては僕たち兄妹を可愛がってくれた父の親友であるミツルさんに、父が単身赴任を終えて帰国したら僕からだと渡してもらえるよう、フランス語で書かれた「ファーブル昆虫記」の原書を預けておいた。

フランス語が堪能な父なら難なく読めるだろう。

僕が用を済ませてその場から立ち去ろうとした時、

「本当に行ってしまうのか？」

と深刻そうな表情でミツルさんは必死に僕を引き留めたが、僕は、

「もう決めたことですから」

と自分の意見を曲げなかった。

加えてミツルさんは、

「君がまだ小さい頃、よく君のお父さんがタケルは〝コギト・エルゴ・スム〟に囚われていると言ってたぞ」

と真意がよく汲み取れないことを僕に伝えた。

僕は、

「何ですか、それ？」

と質問し、ミツルさんは、

「デカルトだよ。高校の倫理で教わっただろう？」

と言われたが、それでもよく理解できなかった僕は、

「何ですか、そのコギトなんとかって？」

と二回目の質問をし、

「我思う、故に我ありだよ!!　大学でフランス語の授業なかったのか？」

と訳のわからない話題をふるものだから、

「ああ、あのよく赤本に載ってるやつですね」

と軽くあしらってその場を後にした。

幼馴染みのアヤカには、銀座の高級フルーツ店S屋のグレープフルーツゼリーを自分がこの街を出てから贈り物として渡してもらうよう、彼女の父のユキオさんに言伝をしておいた。

ユキオさんには今日の昼間に頼んでおいたので心配はない。ユキオさんは僕が街を出ると聞いてひどく悲しそうな顔をしていた。

これで安心して街を出ることができると、僕は胸を撫で下ろした。

街を出る時、自分が何者よりも自由な存在であると心のうちに言い聞かせ、周りの人物を何の変哲もない凡庸な愚物であると見なし、それに対し優越感を抱いているごとくに振る舞った。

そうすることによって他人のことを考えなくても済むという思い込みをしていたのだ。

例に出すと、人は自分の側と他人の側という二つの要素について考えた時、自己の勝利、すなわち相手より自分の方が幸福であると思い込もうとすることにより、実際の空虚で陰惨たる現実世界から脱却するという術を講ずる節がある。

それを精神的優位に立つという言葉で表すことができると僕は考える。

つまり時間的流動性において、ｐａｓｔである過去より、そこから空間的ひろがりにおいては直線上のいわゆるｘ軸上の＋《プラス》を右に移動したｆｕｔｕｒｅであるｎｏｗ、つまり現在において勝っているという思弁法である。

一見すると、これは問題解決の糸口としては有効であるように思われるかもしれない。

しかし〝相手〟より〝自己〟の方が優れているという日本語表現に焦点を当ててほしい。

ここで問題となるのはこの〝より〟という表現がいわゆる比較の対象を表すという

ことである。

すなわちそれが本来意図するところはこれが言外の意味において〝相手〟を認識してしまうという含みがあるということである。

すなわち自己の精神を防衛するための思索の営みが、却って〝主体〟となる自己に対して比較の対象となる〝客体〟、つまり相手の存在を投影してしまっているという皮肉である。

ここで忘れてはならないのは、意識をするという行為そのものが無意識のうちに取り込まれ、自己の感覚に包括されてしまっているということである。

つまりこの現象は人間の記憶や認知領域の範囲においては逃れ得ぬ命題なのかもしれない。

ここから逃れるには人間であることをやめる他はないのではなかろうか。

そんなことを考えているうちに、いっそう惨めな心境に陥った。

島へと旅立つ支度を終えた僕は、最後のミッションとしてアヤカの家のポストに彼女との長年の友情の日々に対する感謝の思いを綴った手紙を投函した。

僕の心情に同調するかのように、漆黒の闇が街中を覆っていた。

僕の頭上には、そう、あの時目にしたのと同じ月が静かに光を放っていた。

僕はあの時の風景を思い返していた。

いちご畑からの帰り道、アヤカとの談話も終盤に差しかかっていた頃、空はすっかり闇一色に染まっていた。

二人を見守るかのように、その光をもって月は優しく照らしていた。

僕たち二人はそんな闇夜に煌めく月を見てその美しさに心を奪われていた。

あの時僕はあのもの悲しげに空に浮かぶ月に、何故だか自身とアヤカの未来を重ね合わせていた。

夜の帳がおりたこの街は静かに佇んでいた。この闇もまた陰の中における光という意味においては、救済の術といっても過言ではないのかもしれない。

僕はこの状況においても死中に活を求めていた。

だが僕は、あのショーウインドーに映った自身の姿がどうしても忘れられなかった。

自身の負の記憶となる一部分を脳裏から消し去ることは果たして可能なのだろうか。

例えば過去において散々な目に遭わされ、その厳然たる事実が時折鮮明に頭をよぎる。

そしてその時々に感じざるを得ない怒り、悲しみなどのマイナスの感情をその心の内から放擲《ほうてき》できずにいる。

今、自身に起きているそうした心理現象こそがトラウマといっても差しつかえないだろう。何とかしてそこから抜け出すためには、来るべき朝《あさ》を期待して絶望の夜《よる》をやり過ごすしかないだろう。

文学好きが高じて私立大学の文学部に進学したとはいえ、工業高校でものづくりのノウハウを学んだことと、生来の手先の器用さが功を奏したのか、未知の領域に向かうための筏作りは順調に進んだ。

島での隠遁生活はある意味でアドベンチャーを予期させるもので、僕は淡い期待を抱いていた。それは映画や小説などの影響で未開の地に憧憬を抱いていたからかもしれない。

僕はこと、ものづくりに関しては玄人はだしの技術を持っていた。

道具を創り出せるということがここまで役立つ日が来ようとは、あの日、そう工業高校に通っていた頃の僕は予想だにしなかった。

僕のものづくりにおける矜持はいかに実用性にこだわった筏を作るかという利便さだけでなく、工業高校での経験を生かした造形の美しさを重要視し、遠近法を駆使したものを作り上げることだった。

それゆえ出来上がった筏はその道の職人にすらひけをとっていないような出来栄えだった。

筏作りをしていると、ふと工業高校でものづくりの授業を担当していたケンジ先生とのエピソードが頭に浮かんだ。

僕はとても器用だったから、そのものづくりのクラスではひときわ異彩を放った作品を作っていた。

ある意味それは先生をも凌駕すると言われていた。

高三の夏頃、ケンジ先生は僕の技量を買って、

「タケル、エンジニアへの道も視野に入れてみたらどうだ？」

とおっしゃったが、僕は、

「文学が好きなので私立大学の文学部に進学しようと思っています」

と、きっぱりと断った。

折にふれて先生は、

「おまえはもう俺よりものづくりに関しては格上なのに勿体ないなあ。俗に言う〝青は藍より出でて藍より青し〟もしくは〝出藍の誉〟ってやつだな」

と残念がっておられたのを今でも覚えている。高校三年間、ものづくりの授業はケンジ先生の担当だったが、僕の技術がここまで飛躍したのもひとえにケンジ先生が名伯楽だったことに起因するだろう。

かくして僕は筏を漕いで海を渡り、無人島に辿り着いた。

あの奇妙な出来事が起きてからの僕の孤独の深さに、本土では誰も気付きはしなかった。

この地に辿り着いてからは過去も未来もない暮らしを心のカンフル剤にしていた。島での生活に同化することは、さして問題にはならなかった。

僕は島で晴耕雨読の日々を送っていた。そこでは雨露を凌ぐ暮らしさえできれば充分だった。

当面の間、島での暮らしには苦労したが木の実を擦りつぶして食糧としたり、火を熾こして熱や光の原動力にする術など、徐々に島で生き抜くためのスキルを獲得していき、島での暮らしに順応していった。

僕の島での暮らしは当初非日常であったが、次第にその感覚も色褪《あ》せていき、すっかり日常そのものへとなっていった。

姿を隠してひっそりと隠れ住んでいる僕のことを、本土の人はどう思っているのだろう。

旅立ったと知っても周りの人はさほど衝撃を受けないだろう。というのも、僕には幼少期から無鉄砲な気質があったからだ。

自分のような朴念仁は人と関わらないほうがいい。そう何度も思った。

島暮らしを通して今までの心配事がなくなって安心した。

もしかしたら、こうやって島に渡ったことこそが僕の生きる道であり、堕ちることこそが問題を払拭する最善の策であったのかもしれない。

島での暮らしは、高校時代に歴史の授業で習った原始人の暮らしそのものだった。

時折、本土での生活を思い出したが、自身の身に起きたことを帰納し得る事実についていくら考察しても納得のいく答えは出なかった。

島では花鳥風月を友として、孤独感というよりむしろ自由な生活を謳歌していた。

その生活は精神を安定させ、ＱＯＬは向上した。

好きな時に眠り、起き、食事をするといったデカダンスな生活を送っていた。

僕は、この暮らしこそが生命における真理であり、原点でもあると考えた。

だからこそ僕はようやく自由を手に入れたのだ。

瓦礫の中に埋もれつつも、生の息吹を享受することに人生の意義を見出したのだ。

本当に大切なものは、外側の世界にあるのではなく、自分の内側にある本質ではないのだろうか。

人間とは何と愚かな生き物だろう。

無駄な努力を重ね、怒り、物欲にまみれた無価値な存在と化し、その末路は小さな石の中で眠るだけであると考えると嫌気がさした。

そんなことを考えているうちに、日々は過ぎ去っていった。

長年の島での暮らしのせいか、時の感覚もわからなくなり、時間の経過も曖昧になって月日だけが刻々と過ぎていった。

そんな僕にもいつしか郷愁の思いが高まり、僕は本土に帰りたいという思いが強くなっていった。

この頃になるといよいよ島での暮らしにも嫌気がさし、再び筏を漕いで本土に帰還した。

長い島暮らしを経て本土に着いた時、寂寞《せきばく》の思いが溢れ出た。

驚くべきことに、目に映るかつて人間に見えた生命体が一様にカマキリの顔をしていた。

僕は、自分自身のうちに浮かび上がった、自分の目がおかしくなってしまったのか、それとも周りがただカマキリと化してしまったのかという対立し得る考えを昇華することができずにいた。

「一体何なんだ、これは？」

僕はそう思った。

僕はいよいよ訳がわからなくなった。

振り返ってみると、あの筏で本土を去る以前から、一度として僕の周りにいた人々が昆虫を毛嫌いしたり侮蔑に相当する表現を使った試しがなかったように思われた。

思いがけない事態に困惑した僕は、すぐさま公衆トイレに駆け込み、洗面台の鏡で自身の顔を確認した。

そこに映っていたのは、顔中に深い皺が刻み込まれた、いかにも年老いたカマキリそのものであった。

この深く刻まれた皺以上に、僕の心には、多くのそれが刻まれていた。

僕はトイレを出るとすぐさま白いワンピースを着た、おそらくは女性のカマキリに、今が何年か尋ねた。

そのカマキリはいかにも僕が見当違いの質問でもしたかのように、小馬鹿にした下品な含み笑いを浮かべて、

「何をおっしゃいますの。今年は記念すべき二十二世紀じゃありませんか」

と答えると高笑いをした。

僕はその女性のカマキリの高笑いにひどく憤慨したが、文句をつけてトラブルになるようなことは避けたかったので外見上は平静を保った。

そうなると僕は、八十年もの月日を島で過ごしたことになり、あの二十二才の青年は、百二才の年老いたカマキリになってしまったということになる。

時間とは事物や動植物の動く速度を表す際に与えられる単位であり、そこに〝時間〟という定義を人間が当てはめたものに過ぎない。

それは空間的な広がりの中では絶対的な尺度を持っているが、個々の感覚を比較する場合にはおのおのが異なった速度感を保有し、絶対というよりはむしろ相対に属する。

具体例として、三分を計る砂時計を挙げるとする。

楽しい時の三分はひどく短いが、緊張感に満ちた状態の時には、同じ時間でもその感覚は一時間に相当するともいえる。

しかし、もともと時とは換言すれば前述の通り速度に過ぎず、一分はどう解釈しても一分という普遍的な基準であることに相違ない。

ところが、僕にとっての島での八十年は露ほども長くは感じられなかった。恐らくは僕の持ち得る感覚における速度メーターが故障していたのであろう。

あの頃の、そう八十年前とは、街もすっかり様を変え、時の経過を実感した。かつてと比べて、本土は万物流転を象徴するかのように高層ビルが林立していた。そのさまはもはや、メトロポリタンを超えて近未来そのものであった。

そんな本土は形而下においてはひどく華やかだったが、形而上という点ではまさにステレオタイプというふうに息のつまるものであった。

僕は自分の来し方行く末を思って暗い気持ちになった。亀の甲より年の功といっても、僕の島での経験は本土では何の役に立つものでもなかった。

鎌倉時代の歌人である鴨長明の、

「ゆく河の流れは絶えずして
しかももとの水にあらず
よどみに浮かぶうたかたは
かつ消えかつ結びて
久しくとどまりたるためしなし
世の中にある人とすみかと
またかくのごとし」

という方丈記の中における一節が、この近未来の大都市に至るまでの時代の変遷を見事に表現しているように思われた。

つまり僕が本土に戻った時は、いよいよ黎明期の幕開けだったのだ。

よく時間の経過とともに物事は好転するというが、百二才の古老の僕がそれを言って何になるのだろう。

もはやこんな年寄りになっては、戻らない時計の針を自ら進めるしかないのだ。

ここまで年月が過ぎ去ってしまったことに気付いて僕はひどく寂しくなった。

おそらく、父、母、サクラ、そしてアヤカは僕の帰りを一日千秋の思いで待ちわびていたことだろう。そう思うと胸が痛んだ。

だが僕は、この八十年の間に心中にあるプライドという悪魔を消し去り、真実の自由を手にしたように思われた。

まるで、かつて本土帰還をしたあの横井庄一軍曹や、竜宮城から戻って来た浦島太郎の心情を想起した。

きっと僕の知っている人はもはや誰一人として生きてはいないだろう。

父も母もサクラも、そしてアヤカも……。

そして僕は在りし日の記憶を辿って今は亡きかつての人々を思い起こした。

そんなうちにふと小学校で習った小倉百人一首の中の藤原興風のこんな和歌を想起した。

「誰をかも　しる人にせむ　高砂の
　松もむかしの　友ならなくに」

僕の長寿の寂しさややりきれなさは、この歌に思いを巡らせることでよりいっそう強く心の琴線に触れた。

しかし、一つだけ確信したことがある。

生涯において僕が人間と思い込んでいた生命体は、実はカマキリであったという現実だ。

周りのカマキリたちを見てこう思った。

（一見楽しそうに見える彼らの心の奥底にも何らかの悲しみが宿っているのだろう）

と自分と他のカマキリたちを同一視した。

そう考えると、本土で感じた疑惑をはらんだことが全て腑に落ちる。

僕は、かつて自宅のあった所に行ったがすっかり更地となってしまっていて、おそらくは何らかの天変地異や災害で消失してしまったのだろうと思った。

今は亡き父と母に心の中で、

（不肖の息子を許してください）

と呟いてその場を後にした。

もしもアヤカが生きているのなら、もう一度会いたい。

彼女と旧交を温めたい。そう僕は願った。

彼女の生存を確認するため、僕はかつて彼女と家族が住んでいた場所を訪れた。

そこには新築の家が建っていた。

彼女の家はこの八十年の間に工事を施したようだ。

僕はインターホンを押した。

インターホンを押してからも、たまゆらも心が休まることはなかった。

出て来た女性は、まだ若そうに見えるカマキリだった。その女性（雌）の佇まいには在りし日のアヤカの面影があった。

「どなたですか？」

と尋ねられ、

「タケルという者です」

と答え、続けざまに、

「アヤカさんはおられますか？」

と僕は訊いた。

その女性は僕の名前を聞くと、たいそう驚いた。話によると、アヤカは三十年ほど前に亡くなったらしい。

アヤカとの死に別れを僕は受け入れることができなかった。というのも僕はアヤカを友人として野辺送りすることすらできなかったからだ。

アヤカが亡くなっていたことを知って、「何でもっと早く本土に帰ってこなかったんだ」と臍《ほぞ》を噛《か》んだ。

僕はアヤカの死を聞かされて慟哭《どうこく》を禁じ得なかった。

その場で僕は、親友に告げずして自分だけの都合で袂《たもと》を分かつという選択をしてしまったことを心から詫び、亡き友に祈りを捧げた。

病床に伏せた彼女は死の間際に孫であるその女性に、僕が訪ねて来たら渡してほしい物があると頼んだらしい。

「少々お待ちいただけますか」

そう言うと、そそくさと家の中へ入っていった。

しばらく玄関で待っていると、女性は古びた封筒を持って現れた。

僕にそれを手渡すと、

「どうぞ中をお開けになって」

と神妙な面持ちで言った。

僕は中に入っていた手紙の内容に驚愕した。

そこには、こう記してあった。


『親愛なる永遠の友へ――。

真実を伝えます。

ある一時を境にカマキリは知能を獲得し、次第に人類から地球を奪還しようと目論み始めました。

人類は地球という容れ物の中で同類同士での争いを続けてきたの。

そんな愚かな習性を持った生命体に神々はついに匙を投げてしまった。

戦争や病で日に日に弱体化しつつあった人類に対し、カマキリは来るべき日に備えて規模を拡大することに努めたの。

カマキリたちは戦力における数の重要性を知っていたのよ。

生物が進化というプロセスに至る段階において、この一切衆生における帝王として人類は君臨してきた。

だけど人工に依拠し続けた結果、人類は自然と共生することができなくなってしまったのよ。

天地を創造した神々は人類を永い生物史における王として位置づけたけれど、その本質は聖者の仮面を被った獣類だったの。

だから戦禍は絶え間なく続いたのよ。

そして個体数が減少しつつあった人類に対して、逆にカマキリはどんどん数を増やしていった。

後にその数が莫大な値になった時に、カマキリは大群を率いて弱っていた人類に一斉攻撃を仕掛けたの。

人類は自然における中心的存在というカテゴリーに属していたから。

それにもかかわらず、自然をないがしろにして文明に重きを置いた末に神々の怒りを買って、その個体数がすっかり僅かな値となってしまった時にはもはや人工の遺物だった。

そんなガラクタがこの地球という惑星で果たし得ることなんて皆無だったのよ。

如何に、人間の個体が強力であったとしても微弱とはいえ束になったカマキリには敵わなかったのよ。

要するに武力を伴わなくなってしまった人類の文明は、いつ滅んでもおかしくないくらい退廃していた。

その機会を窺《うかが》っていたカマキリたちは、ついに人類との大決戦を行うことを心に決めて大群を集めて世界の命運をかけて人類に挑戦状をたたきつけたのよ。

カマキリの決断は正しかったと思うの。

ものごとには潮時というものがあるわ。

満潮に乗じて事を成せば運命は首尾よく運ぶものでしょ。

カマキリはそんな好機《チャンス》を逃さなかったのよ。

一滴の水も、それが蓄積すれば河となり、やがて大海になる。

その大海の激流に、人類は呑み込まれてしまったのよ。

もう一つ、カマキリが人類に勝利できた要因があるの。

それは繁栄していた過去にとらわれて、もはや微弱となってしまった自らの力を人間が過信し過ぎたからよ。

その結果、人類に勝利したカマキリによって、あなたの信じ込んでいた人間社会は、何千年も前にすでに滅んでいた。

人間の代替物として、どうやら神様は私たちカマキリを選別したみたいなの。

人類から地球を奪い取ったカマキリは、彼らからその文明をコピーしたわ。

人間の知能をコピーするという行為そのものが、カマキリの宿敵であった人間特有の経験を利用して思想を確立するという特性に、ひどく感化されてしまったのだから皮肉なものね。

そんなカマキリは矛盾をはらんだパラドックスの体現をしたんだわ。

私たちの中ではあまり攻撃性という衝動は見られなかった。

何故かというとね、相手の存在を破壊してまで悦に入ろうとするなんて馬鹿げた思想を、私たちカマキリは取り除いたからよ。

そして知能を獲得したカマキリは、生命の延長という欲望を持ってしまったの。

カマキリにとって人間というものの概念はベールにつつまれていた。

だから結局よくわからないまま、良く目に映るものだけを模倣してしまったの。

その中には〝強欲〟という名の爆弾が身を潜めていたのよ。

結局のところ人類は文明に支配され、また逆に人類も文明を利用し続けたわ。

そんな性質をコピーしたから、カマキリは自由に生きることが許されない精神を植えつけられてしまったのよ。

人間の記憶媒体を踏襲《とうしゅう》した際に、人間の科学者の知識を受け継いだカマキリたちは、新生児のカマキリにある実験をするよう立案したの。

それは新薬〝BD－RⅡ〟を赤子のカマキリに投与するものだった。

科学者のカマキリは荒波に身を投げ出して真実の姿を求める探求者だったのよ。

人間性を失った人間のように、カマキリもつましく生きるという昆虫らしさを消失した時、既にせっかく与えられた知性という恩恵を誤って使ってしまっていたのよ。

その新薬は寿命を大幅に伸ばすという効果があったの。

〝ＢＤ－ＲⅡ〟それはまさにエポックメーキングと称されるほどの発明だったのよ。七十年ほどで終焉を迎えるカマキリの一生を急激に引き延ばす夢のようなワクチンと思われていた。

カマキリの科学者たちは、有限というものの中にある必然を無視して永遠なる時間を求めたの。

その結果、〝ＢＤ－ＲⅡ〟は開発されたのよ。

〝ＢＤ－ＲⅡ〟はまさにコロンブスの卵といってもいいぐらいのすごい発明だったの。でも副作用として感覚器官の中の認識領域に不具合が生じるという欠陥があったのよ。

時折、脳内における視覚と認知を司る分野に影響をもたらすものだったの。

だからきっとあなたには、自分や周囲のカマキリの見え方が違っていたはずよ。

おそらくあなたの目には私たちカマキリが人間に見えていた。

あなたはカマキリの自分を認識する度に絶望し、ひどく落胆したでしょうね。

でもその姿を恥辱と受け止めたあなた自身が一番罪深い思考をしていたのよ。

でも、私からひとことだけ言わせてね。

あなたが街を出たと聞かされた時、すごく悲しかったわ。

だけどよくここまで耐え抜いたわね。

だって生命における最高の美徳は忍耐だもの。

でもその副作用は乳児期から青年期、とりわけ二十代前半のある一時期において、自己あるいは他者の視覚情報を操作する脳内の伝達物質の流れを急激に加速させ、周囲と自身の外見上の均質性を著しく破綻させることが後に判明した。

難儀なことに、そのワクチンの副作用としての二次的な認知の異常が突如として発生し、検体が混乱に陥ることが最大の瑕疵《かし》として挙げられることだった。

その欠陥は、年を重ねていくうちにやがて完全に消失するという事実に科学者のカマキリたちは気付いたの。

言うなれば〝BD－RⅡ〟という新薬は生命の価値に一石を投じるものだった。

けれども政府は、そのことを被験者であるあなたに決して伝えてはならないと箝口《かんこう》令《れい》を敷いたのよ。

カマキリの政府に屈服した民衆はやはり人間の轍を踏み、国家権力を最重要視するという点においては人間同様ポリス的動物の域を出なかったのよ。

科学者たちからあなたは〝プロトタイプA〟と呼ばれていたの。

あなたが突然姿をくらました後、政府は血眼であなたを捜索したのよ。

でもどこを捜しても見つからなかったから、仕方なく政府は残りの〝プロトタイプB〟と〝プロトタイプC〟の生涯を観察することに努めたの。

宇宙はあなたを善とみなすか悪とみなすかその真偽を推し量ることはできないわ。

でもね、少なくとも〝あなた〟という存在は生命の限りが迫っているカマキリたちにとって、この上ない希望の星だったのよ。

あなたの周りのカマキリたちは皆、知っていたの。

あなたがカマキリの中で初めて〝BD－RⅡ〟を投与された〝特別な存在〟であることを――』

僕はその手紙を読んで全てを悟ってしまった。

あの昆虫博士のファーブルを敬愛している人たちが大勢僕の周りにいたことも、あのいちご畑で僕が人類至上主義を豪語した時、アヤカが少し悲しげな顔をして僕を見つめていたことも、今なら合点がいく。

僕は、無人島での生活で大切な時間を無駄に使ってしまった。

僕はカマキリと人間を比較してその本質を見なかったから、偏見に満ちた罪深い思考をしていたのだ。

この世には普遍と特殊という二つの定義がある。

前者が大多数の共通要素であり、後者が異質な属性を示している。

とりわけ性質に対して優劣をつける際には特殊な能力がいかんなく発揮された、いわゆるプラスの面において限られた才能を有する者には敬意がはらわれる。

しかし、その一方で同じ少数でも何らかの欠陥、言うなればマイナスの要素を有する者には劣等という烙印が押される。

ここにおいて齟齬《そご》が生じているのは、マジョリティーという枠組みから外れたマイノリティーが、その状況の違いによっては優れているとも劣っているとも線引きをされる、という現状である。

すなわち、これはこの世における普遍は凡庸《ぼんよう》であり、特殊は殊勝という概念から逸脱しているという逆説である。

結果として重要なのは、普遍や特殊は単なる要素に過ぎず特段意味をなさないという思考に帰結することが必要だったのだろう。

もう僕という物語はほぼ終焉に差しかかっているんだ。

アヤカ、君との出会いこそが僕にとっての僥倖《ぎょうこう》であり人生における大いなる宝玉そのものだったんだ。

この命ある限り希望を胸に抱いて生きてゆく。そう故人に誓った。

心の持ちようで、こんな老人でも青春をやり直せると思ったからだ。

遠い昔のある一日、君がしきりに人間の哲学者である荘子の書物を読むよう僕に勧めてきたことを今、思い出したよ。

あの時僕は、「哲学なんてくだらない学問には興味を抱かないんだ」と君を一蹴したけれども、数多の哲学者の中から君があえて荘子を勧めてきたことにはきっと意味があったということに、こんな年になってようやく気付いたんだ。

君は荘子の思想における〝胡蝶の夢〟のエピソードを通して、本当は僕が人間ではなくカマキリであるということを間接的に気付かせようとして、僕にかけられた偽りの魔法を解こうとしたんじゃないかなってね。

ミツルさんから聞いたデカルトに関する父の発言の真意も、ようやく氷解したよ。僕は自分自身を人間だと思い込んでいたから、鏡に映る自分も人間の姿をしていたんだね。

でもあのショーウインドーや姿見に映ったカマキリは、僕の自分自身の存在に対する疑いの意識から発生したものだったんだ。

自分自身の心中こそがある意味で世界一遠い目的地だったのかもしれない。だけれども、あの姿こそが嘘偽りのない僕自身の本当の姿だったということに今なら納得できるんだ。

僕の人生における最大の失態は、どうにもならないことを悩みあぐねた結果、故郷を離れたことだ。

ゆえに、僕は幸福への道を逃してしまったんだ。

この百二年の生涯における受難の歴史は僕自身のアイデンティティーを確立するためのものであり、僕という価値を推し量るための試金石であったのかもしれない。

いくら僕の生命が大幅に延長されたとしても、生者必滅の概念に抗うことは不可能だろう。

そんな僕にもいつか必ず〝死〟というものが訪れる。

本土でのあの奇怪と思われた出来事は全て〝ＢＤ－ＲⅡ〟の副作用という因果律に従って起きていたんだね。

僕はこんな老人になっても、人生を諦めないよ。

必ず上を向いて虹を掴んでみせるさ。

いずれ、僕という物語も大団円を迎える日が来るだろう。

それまでは君のことを想って精一杯生き抜くつもりだ。

「大切な人たちと二度と逢えなくなってからようやく魔法が解けるなんて、皮肉な話だ」

僕はそう呟いた。加えて、

「アヤカ、僕が彼岸に渡ったらその地においては、あの頃と同じように再び談笑してくれるかい？」

と空に向かって語りかけた。

今はもう人間のタケルは存在しません。

そこにいるのは一介の孤独な古老のカマキリです。

人間の夢を見ていた一匹のカマキリは、ようやく長い長い眠りから覚めたのです。

らんぷ

わたくしは、しがないらんぷでございます。小さなからだで少しの光を灯す、つまらないつまらないらんぷでございます。

わたくしは町の大きな電気店で、多くの仲間たちと旅立ちの日を待ちわびていた次第です。

とりわけわたくしとよく話をしていたのは綺麗なシャンデリアお姉さんと、荘厳で立派な冷蔵庫おじいさんでした。

この人たちもまた、行き先を待ちどおしく思っていたようでございます。

ついに、わたくしたち三人の鼎談《ていだん》の終わりをつげる日が訪れたのでございました。

シャンデリアお姉さんは、

「あたし、今週末この辺りをとりしきっている大地主の家に行くことになったのよ」

と、意気揚々と浮かれ調子でございました。

冷蔵庫おじいさんは、

「わしは、裕福な高利貸しの所に旅立つことになったぞ」

とずいぶん誇らしげに語っておりました。

やがて、あのずらりと店に陳列してあった大勢の仲間たちも、皆旅立っていきました。

そしてとうとうわたくし一人だけが行き先が決まらぬままになり、一瞥しただけでは目にもつかぬお店の奥に、ひっそりと佇んでおりました。

そんな情けないわたくしの様子を見て、電気店のご主人もあきれ顔をしておりました。

ある日の夜更け、まさに店仕舞いをしようかとご主人がぽつりとつぶやこうとしたその時、貧しい身なりの親娘三人がお店の中に入ってまいりました。

ご主人もそのなりを見るやいなや、まるで見限ったかの如く、普段の丁寧な応対とは真逆の不親切な応対で、その家族を相手にする様子すら見せず、お店のカウンターの奥の方でうたた寝を始める始末でございました。

ところがわたくしは、その家族のもとへと、旅立つこととなりました。

わたくしは小さなまだ分別もつかぬ様子をしておられたその女の子の手のうちにぎゅっと握られたまま、予測どおりの貧しいおうちにたどり着きました。

そのおうちは町の小さな〝らあめん屋〟を営んでおりました。季節はちょうど冬の寒さが感じられる頃となっておりました。

「人間というモノは、寒い時に温かい食べ物を欲しがるモノであるらしいぞ」

と、以前に冷蔵庫おじいさんがおっしゃっていたことが頭をよぎった次第でございます。

それにもかかわらず、そのお店には閑古鳥が鳴いているありさまでございました。

わたくしは旅の行き先を間違えたかのような気分になり、いささか感傷的になっておりました。そしてそんな自分を不憫この上ないと思ってしまいました。

俗に言う、貧乏と不幸は同義であるという考えが巷に出回っていたからでしょう。

しかしながらどういう訳かその家族には、不幸という言葉は決して似つかわしいものではございませんでした。それどころか幸福《しあわせ》という状態に極めて酷似しておりました。

とりわけわたくしがいわゆる幸福というものを享受したのは、夕食時でございました。質素でぜいたくとは程遠いながらも、その食卓を囲む三人のお姿は何と陽気で楽しげなご様子でありましょうか。しまいには暗い部屋には決して似つかわしくない大きな大きな笑い声さえ飛び交うありさまです。

そんな家族の団らんのひとときを小さく灯す光になれたことが、わたくしの最上級の幸福でございました。

数年もするとその貧しい家族から貧乏は消え、あの小さかったおうちはすっかりと大豪邸へとさまを変え、お仕事の方も上り調子となっていきました。

そして何故だか、幸福もその姿を消し去りました。

いよいよわたくしの出番もなくなり、奥の小汚い人目につかぬ倉庫へと身をひそめることとなってしまいました。

繁栄というものが奪っていったものはその家族の団らんであり、結束であったことは皮肉なものです。

富とは一体何なのでしょうか。

大金持ちのもとへと旅立っていったシャンデリアお姉さんと冷蔵庫おじいさんこそ幸福に相違ないと思い込んでおりましたが、どうもそうとも言いきれぬようでございます。

富にも限りがあるとはよく言ったもので、裕福はまたたく間に貧乏へと変化したようでございます。

その頃になると、すっかりなりをひそめていた絆というものが家族のもとへと舞い戻り、つましい暮らしの中にこそ幸福を見出したのでございます。

ようやくわたくしもあの小汚い倉庫から食卓のテーブルの上へと住まいを変え、光を灯す小さならんぷとして再びお役目を果たすことになったのであります。

わたくしほどの幸せ者もございません。家族の大きな幸福を灯す小さな光になれたのですから――。

生誕

天上界を統べる神様は地上の人間の愚かな行為をお嘆きになり、三人の天使を人間の姿に変えて下界に降り立たせました。

三人の天使にはおのおの役割があり、擬態する仮の姿も行き先も異なっていました。

第一に智恵の天使

第二に勇気の天使

第三に良心の天使

という三人の天使でした。

智恵の天使が訪れた先は、権威を笠に着て威張る自分勝手な王様と、それにうんざりしている臣下と民衆のいる王国でした。

王様は国の治め方を知らないご様子で、権力でしか民や臣下の統治ができない哀れな人間でした。

智恵の天使は、王様に心理学、哲学、思索法などあらゆる智恵を授けようと試みましたが、天使が一介の旅芸人の姿に扮していたせいか、見下して一向に耳を傾けようとしませんでした。

耳のない者に話が通じるわけもないと、智恵の天使は国の治め方を知らせずに、さじを投げてしまいました。その後、間もなく王国は崩壊しました。

勇気の天使が訪れた先は、部族間の争いに脅える人々がいる集落でした。

そこでは多数の部族がなわばり争いを繰り広げ、それぞれの部族が恐怖に脅えていました。屈強な戦士の姿をした勇気の天使は、彼らに戦い方、強力な武器の作り方、刀剣の使い方や、終いには闘争心すら教えました。

恐怖心を払拭した部族たちはお互いに戦闘の意志があることを示し合い、部族間での殺し合いつまり戦争が勃発しました。

その結果、勇気の天使の訪れた先には一人の生存者もいなくなりました。

良心の天使が訪れた先は、一部の裕福な暮らしをする者と生活苦にあえぐ大勢の貧民が共存するいわゆる貧困街でした。

良心の天使はボロボロの衣服を着た、貧民の姿をしていました。

良心の天使はよく富んでいる一部の人たちに道徳を教えました。すると、どうでしょう。富んでいる者が自身の所有物であるパンや毛布、そして住居すら貧民に貸し与え、その街から貧困は消え、代わりに思いやりが生まれました。その様子を天上界から見ていた神様は、第三の天使にほうびとして名称を授けました。

その名称こそがイエス・キリストなのです。

肉体

ある日の早朝、病院のベッドで子どもが生まれた。

その子の体には脂肪という守り神が宿っていた。

それから三年が経ち、その子は三才になった。まだ脂肪はその子を守っていた。

だがその子同様、脂肪もまた幼い容貌をしていた。

それから十年が経ち、その子は中学生になった。その頃になるとその子はスポーツをするようになっていた。

そして脂肪という少年は、筋肉という青年になった。

その頃になってもなお筋肉は少年を守り続けていた。

それから半世紀が経ち、少年の容貌はすっかりおじいさんになり、筋肉もまた少年の姿へと戻っていた。

その頃、筋肉はもはや筋肉と呼べるものではなく、脂肪へと戻っていた。

「ああ、君を守ることができるのもあと少しだなあ」

病床に伏して余命いくばくもないかつての少年に、脂肪はそっと寂しげにつぶやいた。

それから間もなく少年はお空へ向かって旅立っていった。

脂肪はすっかり動かなくなった老人の元を一時《いっとき》も離れなかったが、もはや老人の命のいぶきは全く感じられなかった。

かつての少年は焼かれ骨だけとなり、脂肪もまた実体をなくした。

そして、お空に向かう途中、初めて少年と脂肪は出会い、かつての少年は脂肪に向かってこうつぶやいた。

「ずいぶん無理をさせてしまったね」

と。

マカロン

時は十八世紀中頃のフランスのことでございます。

マリー・アントワネットというぜいたくの限りを尽くす王妃様が在位しており、身分もそうですが貧富の格差は顕著でありました。

そんな国でございましたから、多くの民衆は食糧不足で次々と死んでいくのが平素のことでございました。

そのような現状を耳にした王妃様は、

「パンがなければ、お菓子を食べればいいじゃない」

と、さも他人事《ひとごと》のように言い放つのですから、ひどく心のないお方です。

やがて民衆は反乱を起こし、一七八九年に王政に対してついに牙をむきました。いわゆるフランス革命でございます。そして、その非情な王妃様も処刑されました。

それでもまだ民衆は貧しく、一方で一部の貴族たちは飽食の限りを尽くしていました。

彼らはとりわけお菓子を好み、一口かじっては捨て、また別のお菓子も一口で捨ててしまうというありさまでございました。

そんな暗い時代の街の貧困街に、流行病《はやりやまい》で夫を亡くした年の頃で言うと二十才くらいのみすぼらしい身なりの女性がおりました。彼女には三才くらいの息子がおりましたが、家計は苦しく食べる物もままならぬ状況で親子はひどくやせ細っていました。

母親は必死にお金を稼いでも雀の涙ほどで、娘時代からの自慢の長い髪もお金に変えるため刈り取ってしまいました。

彼女は時々街を通り過ぎる貴族に、

「どうかお恵みを！」

と懇願しましたが、相手にされる道理もございません。

そんな状況が続き三才の少年はとうとう栄養失調になってしまい、明日の命すら保証できぬほど衰弱しておりました。

そんな折、たまたま街を通った馬車に乗った商人が少年を一目《いちもく》すると、

「これはいけない⁉」

と、大きな荷袋から大量のマカロンを取り出しました。母親は、

「こんな高そうな物に支払えるお金もございません」

と泣き崩れました。

それを聞いた商人は、

「これらは元々王朝の貴族に献上する予定だった物です。あんな食べ物を粗末にする貴族たちにかじって捨てられるより、この子のおなかに入って血肉になった方がマカロンたちも本望でしょう」

と言って、お金は一切受け取りませんでした。

そのマカロンを食べてから数刻で少年はすっかり英気を取り戻し、大きな心を持った紳士の商人は去っていきました。

それから四半世紀が過ぎ、その少年は立派な青年へと成長していました。

あのマカロンのことが忘れられなかった青年は、何と街で評判のお菓子売りになっていました。

彼は昔あの商人が施してくれた恩恵にならい、お金は一切受け取らず貧しい人々に大量のお菓子を分け与えていました。

そんな立派な振る舞いを見て、すっかり頬に皺を刻んだかつての若い母親も大層誇らし気でした。

善行とは巡り巡るものでございます。この世における摂理とは摩訶不思議なものでございます。

ブレイブハート

ある男の子が街の一角で生まれた。

彼の両親はたいそう喜んだが、二人とも彼が五才の時に交通事故で逝ってしまった。周りに信じられる大人もおらず、彼の心は荒んでいった。彼の祖父母は不遇なことに彼の両親が若い頃にもう亡くなっていたので、あてにするところもなかった。

仕方なく彼は親せきを頼らざるを得なく、たらい回しにされてしまった。彼らにとって一人の幼児など邪魔者でしかなかったからだ。

時は流れ、彼は自分が強くなることで相手を制することができると考え、ひたすら暴力の日々を送る青年になっていた。自身のいつ死んでも構わないという心の状態を真の勇気とはき違えていた。

そしてついに彼はどんどん荒んでいき、もう立派な悪漢となっていた。

彼は自己流で喧嘩をし、地元では負けなしの喧嘩師になっていた。

そんな彼は自分がどんな相手にも臆することのない心の持ち主であることを、勇敢《ゆうかん》の証《あかし》と自負していた。

ある時、公園に行くと片足を怪我した子犬が足を引きずりながら必死に歩こうとしていた。

それを見て彼は、

「だっせー！　できもしねえことやるなんて馬鹿げてるよな、ハハハ……」

と言い放った。ベンチでそれを聞いていた老人が、

「おまえにはわかるまい。あの子犬の勇気が。勝てる相手にしか挑戦してこなかったおまえが、敵うかどうかもわからぬ強大な相手に立ち向かう気概はあるまい。おまえは偽りの勇気を誇示するために、暴力という手段を正当化しているただの臆病者じゃ。人間は不条理で盲目的な精神を備えつけられている存在だからこそ、苦悩と不安に満ちた日々を送るのだ。おまえの瞳には哀しみが宿っている。おまえの心は泣いているように見える。怒りは自らを焼く灼熱じゃ。憤怒に身をまかせれば、いずれかけがえのないものを手放すことになるぞ。どんな暗闇の中にも必ず光はある。最後に

おまえに忠告をしておこう。あえて困難な状況に身を置きなさい。その時に初めて大切な揺るぎないものが生まれるということを忘れるな」

聞くところによるとあの老人は、かつて太平洋戦争で多くの仲間を失った元軍人であったらしい。

青年は自分の認識している勇敢さは盲信ではないのかと疑惑の念を抱き始めていた。後に青年は腕っぷしの強さを買われ、ボクシングを始めることになった。今まで自分が最強と思っていたが、多くの強者とジムでスパーリングをするうちに自身が井の中の蛙であることに気がついた。そして自分自身の内に自然と勇気が宿っていった。

その青年はどんどん強くなっていき、世界フェザー級タイトルマッチに挑戦するまでのレベルに上りつめた。

試合が始まる前に青年はかつての老人の言葉を回想していた。

真の勇気を身にまとった青年は決して臆することなく、意気込んで堂々とリングに上がっていった。

幸福論

ある町で男女の数奇な巡り合わせがあった。男の方はとても高貴な生まれでその界隈では有名な資産家の一人息子であった。名を朗《あきら》という。彼には照子《てるこ》という許嫁《いいなずけ》がいた。朗は齢《よわい》十八の頃になると帝大で文学を専攻し始めた。

彼は本好きが高じて幼い頃から本を読み漁っていた。無論本好きにとって図書館などはおあつらえ向きの空間である。

しかし帝大特有の高飛車で衒学《げんがく》的ないわゆるペダンチックな学生気質を嫌って、あえて入館しなかった。どうも帝大の図書館はいけすかない。見栄の張り合いは息がつまりそうだ。

そして朗が目をつけたのが町の寂れた古本屋である。その寂れ具合が妙に気に入ったのだ。そこで値が張るものの易易《やすやす》とは手にし難い本を買うことをこの上ない喜びとしていたのである。

その店には一人娘がいた。名を菊子《きくこ》という。朗はその娘に心底惚れていた。菊子はいつも店頭に立ち、会計をしていた。本を買う折に見せる八重歯がのぞく笑顔が何とも魅力的だったからだ。

彼女の方も学をひけらかさぬ、朗の誠実で純粋な人柄に好意を抱いていた。しかし、二人の思いを阻んだのが互いの身分の違いである。菊子の気持ちを知ってか知らずか朗は菊子に結婚を前提とした交際を申し込んだ。ためらう気持ちはあったものの菊子は朗の熱意に圧倒され、交際を受け入れた。

このことはあっという間に町中に広まり、朗の父は立腹した。またこのことは大手の酒蔵店の娘である許嫁の照子の耳にも入り、気を悪くした相手方の意向により照子との話は当然破談となった。

父の逆鱗にふれた朗は縁を切られ、二度と自宅の敷居をまたぐことを許さないと言い放たれた。母は父の怒りをなだめようと説得を試みたが徒労に終わった。

だが、かえって朗の心は晴れやかだった。

「これで菊子と心置きなく交際できる」

と気炎を上げた。

身分の違いこそあったものの菊子も同様に町中に恥をさらしたと、両親から勘当を言い渡された。

「親の目を気にしなくてもいいというのはかえって好都合だよ」

と調子良く言う朗に菊子は、

「いっそこの町を出ましょうか」

と提案した。

この時、朗は帝大を退学となっていたし菊子も無職だったことから、二人が交際するとはいっても生活の基盤となる金の工面ができず、途方に暮れていた。だが、朗は快諾した。

そこで朗は根っからの本好きでしかも帝大の文学部の頭脳を活かして、塾の国語講師を務め金を稼いだ。帰宅は深夜に及んだ。菊子と生きていくためならと苦にはならなかった。

やがて二人は無けなしの金で小さいながらも家を買った。菊子は家計を支えるために内職に精を出した。

のちに二人は結婚し、一人息子をもうけた。そして賢い子に育ってほしいと期待し「聡《さとし》」と名付けた。元気なわんぱくな男の子であった。二人は聡をたいそうかわいがった。

やがて聡は齢十五になり、高校一年生のクリスマスに「幸福論」という一冊の本をプレゼントされた。この本を読んで幸福とは何かということを思弁してほしいとの願いゆえの両親からの贈り物であった。

決して裕福な家庭ではなかったので、聡は「富」こそが幸福の象徴であるという考えを持っていた。

それゆえ心の奥底で駆け落ちともとれる結婚をした両親が理解できず、内心侮蔑《ぶべつ》していた。

そして聡は齢二十五になり美咲《みさき》という恋人ができた。

美咲の家柄は大変裕福であったため、聡は彼女の両親からひどく煙たがられた。

金目当てと思われたのかもしれない。だが聡は、どうしても美咲と家庭を築きたいと強く思った。そうして彼は思い切ってプロポーズをした。彼女はとても喜んで受け入れてくれた。渋々ながらも美咲の両親も結婚を認めてくれた。

二人の結婚から一年後、聡の両親は絵画展に向かうバスの運転手の居眠り運転により、呆気なくこの世を去った。

聡たち夫婦は、生涯子宝には恵まれなかったが長年連れ添いお互いに幸福の味をかみしめていた。

ところが、二人に別れの時が訪れる兆《きざ》しがあった。齢七十になる頃、美咲が病を患った。病状は思ったより深刻で余命いくばくもないと医師から聞かされた時、聡はひどく泣いたが美咲は気丈だった。

美咲はその年の末に入院した。家で一人になった聡は、ふとこんなことを思った。

「親父とおふくろ、そして美咲の人生は本当に幸福だったのだろうか」

と。

こんなことを考えうたた寝をしていると、電話が鳴った。美咲が危篤だとの知らせであった。急いで病院へ向かったが、時既に遅く美咲の脈は止まっていた。

ふと病室の隅の方に目をやると、倉庫にしまい込んで自分以外誰も置き場を知らないはずの、あのかつて両親がプレゼントしてくれた「幸福論」という一冊の本が斜めに立て掛けてあった。美咲は言葉にこそ出さなかったが置き場所を知っていたのだ。

「幸福論」という書物の上に一枚のメモ用紙が置いてあった。

その紙には確かに美咲の筆跡でこう書いてあった。

「あなたと一緒にいる一瞬一瞬が私の生きがい」

と。

それを見た聡ははらはらと涙を流し、こうつぶやいた。

「ああ、親父とおふくろもそうだったんだなあ」

と。

その時、既に聡は気付いていたのだ。愛する人と一緒にいることが、この世で最上の幸福にほかならない――と。

たこ焼き

ある晩、夏祭りの屋台に父と来ていた高校生の僕は、

「十二個入りのたこ焼きを買ってやる」

と父に言われた。

当初、たこ焼きが大好きだった僕はソースをかけるか醤油をかけるか、はたまたマヨネーズをかけるべきかどうか、なんてことを考えていた。

この日は猛暑日だったから、ひどく暑かった。そうこうしているうちに、たこ焼き屋に着いた。

そこで焼かれているたこを見て、僕は妙な罪悪感に苛《さいな》まれた。

このたこたちも、さぞかし熱いだろう。もし僕が彼らの状況だったら——。

そう考えると、とてつもなく恐ろしい心地がした。

そんな心境に陥ってしまっていたものだから、食欲もすっかり失せてしまった。

無理に胃に入れようとしても、爪楊枝をつまむ手が震えて一向にたこを捉えることができない。

父は呆れ顔で、

「おまえ、どうしたんだ？　大好物だろ」

なんて言うが拒絶反応に抗うことなどできなかった。

困惑した僕は、

「家に持って帰って食べるよ」

と、その場を取り繕った。

家に着いた僕はやっぱり食べることができず、すぐさまベッドに向かい眠りについた。

夢の中で、僕はやけに背中が燃えるように熱い感覚に襲われて目を覚ました。

眼前に広がっていたのは自分の部屋ではなく、あの暑い屋台だった。

周囲を見渡すと、鉄の丸い穴の中の十一匹のたこが灼熱の炎で身を焼かれ蠢《うごめ》いていた。そう僕は十二匹目のたこだったのだ。

ペンは拳《けん》より強し

R高校に通っている僕には、一つ大きな悩みの種がある。

オタクで内気なニキビ面の一介の男子学生には、とても対処しきれぬことなのだけれども。

それは、クラスに一人圧倒的な暴力で学級を支配している、空手を少々かじった金髪でツンツン頭の悪漢がいることだ。

それにも増してたちが悪いことに、彼の取り巻きのせいで平素から教室は居心地の悪いことこの上ないありさまなのだ。

クラスには男子生徒はその凶暴な暴漢たちを除いては、僕を中心とする六人のオタクしかいない。

僕たちはよくそのヤンキーたちのパシリにされていた。

鞄持ちから昼食購入に至るまで。もちろん代金は言うまでもなく、僕ら持ちだ。

そんな毎日を繰り返しているうちに、僕たち六人の堪忍袋の緒が切れる事件が起きた。

眼鏡を掛けたツインテールの根暗女子が、誤ってボスヤンキーの足を踏んづけてしまったのだ。

激高した奴は、その女子の顔を思い切りぶん殴った。

僕たち六人のオタクは秘かにその女子に好意を寄せていたものだから、ついに反逆の狼煙《のろし》を上げた。

僕たちは武力こそなかったが頭脳は明晰であったから、何とかクラスを牛耳る奴を退学させられないかと思案した。

だがそのヤンキーの父親はＰＴＡ会長という立場を利用して、息子の悪業を黙認するよう、教師そして校長に圧力を掛けていた。

しかし、僕たちの中の一人が深夜、学校に忍び込んで校長室に監視カメラを取り付けた。

僕はそれを聞いたうえで、あえてそのヤンキーに、

「君は暴力しか能がないチンパンジー以下の下等生物だね」
と挑発し、喧嘩をふっかけた。
案の定、僕の顔は腫れ上がるまで殴られた。
そのことを僕は警察に訴えた。
それに対して校長は、
「これは生徒同士の喧嘩で、あくまで子どもたちの問題ですから」
と言い逃れをした。
これも策略の内であった。
ＰＴＡ会長が学校にやってきて校長室に入っていった時、僕はニヤリとした。
校長は悪童の父から金を貰い、全てをなかったことにしようとしていた。
僕たち六人は、校長にこの監視カメラの映像を警察に見せると脅した。
その結果ボスヤンキーは、あえなく退学処分となった。
取り巻きもすっかりなりを潜め、クラスは平穏を取り戻した。
そして、もうひとつ小さな奇跡が起きた。あのニキビ面のオタクは、ある一人の女子と交際を始めたのだ。

コップ

（老人Bの自宅）

毎朝、健康に留意しない男のコップになみなみと注がれる甘いココア。

そんなものばかり摂取していては死んでしまう。

（もう一人の男、老人Aの話）

老人Aの自殺願望は、生涯独り身だった寂しさから日に日に強くなっていた。

そんなAを叱責する丸々と太った老人Bが、いつも耳にタコができるという表現が似つかわしいくらい、くどくどと皮肉を言う。

「自ら死を選ぶなんて倫理つまり道徳に反しているぞ」

そんなある日、AがBの家を訪ねると彼の妻から、〝Bは運動不足と過食がたたってか心臓発作を起こし亡くなった〟と聞かされた。

そこでAは〝死〟というものの本質について考え始めた。

自殺は自己の生命における終焉を自らの力をもって行使することである。

それは倫理的に許されぬ罪として扱われる。

もちろんそれは、神々によって創造された我々が生きるという使命を放棄するという造物主への反逆である。

ここで一つ疑惑が生じるのはそもそも神々とは架空の存在であり、それが確かに天上界、いやこの言葉すら存在するとは断言できないということだ。

これらの存在する理由は、人間の依拠する偶像崇拝の対象として作為的に造り出されたからにすぎない。

二つ目に、我々の日常的な生活における死について考察する。

先天的に身体に障害があって死という逃れられぬ宿命を背負ってこの世に生を受けたならば、そこにおける死は決して罪ではない。

だがこの飽食の時代に好き勝手にものを食い漁り、ろくに運動もせず元来健康であったはずの肉体を不健康にし、やがてそれに付随する疾病により死を迎える。

この生命の終わらせ方と自殺に大きな差異が生じているのだろうか。

つまり後天的な生命の放棄はじわじわと肉体を蝕み、やがて死という末路に帰結する。

自身の健康管理を怠った挙句、病になり死に至ることは自殺と同義である。

何故ならば、この二つの死は自身の選択いかんによっては避けることができる現象に相当するからである。

例を挙げるとすれば、死というゴールに向かってマラソンをしているとする。

自殺が一足飛びにゴールに辿り着くことだとしたら、自己の怠惰による死はゆっくりと歩いてゴールすることのできる道を早歩きするようなものだからだ。

この二つのゴールの仕方はどのつまり、最短ルートでゴールするか早めにゴールするよう選択するかの違いに過ぎない。

この場合、自殺というものに対して批判を浴びせる者は、自身のライフサイクルの見直しをする方が先決ではなかろうか。

日々の不摂生すなわち毎日の怠惰の積み重ねが〝小さな死〟への扉を開いていることになるのだ。

その点においては私もBも大差はないだろう。

そう考えるとAは自殺というものも大罪と呼べるほど悪いものではないという気がしてきた。

そして帰宅したAは普段はリラックスするためにコップに注ぐコーヒーの代わりに毒薬を容《い》れ、それを一気に飲み干しパタリと息絶えた。

コップはその姿を見て憤慨して言った。

「こんなに身勝手にいろいろなものを容れられたのでは、却ってこちらが死んでしまったようなものだ」

と。

サクリファイス

ある架空の国で、クローン開発に身を捧げた科学者がいた。

彼はフランクという名前で日曜になると教会に行き神に祈りを捧げ、そのうえ日頃から周囲の貧しい人々に食糧を分け与えていた。

加えて難病に苦しむ人々のためにその特効薬の開発に従事していると公言していたものだから、皆、彼をマッドサイエンティストならぬホーリーサイエンティストいわゆる聖なる科学者と崇めていた。

彼が周りから人格者と呼ばれるのも、平素からの実直で誠実な振る舞いからすれば至極当然のことであった。

しかしそれは表の顔で、裏では新薬開発など全く眼中になく、自身のコピーを造り出しあわよくば殺人をしてそのうえ金も奪い取ってしまいたい、そして、その罪を全て自身のクローンになすりつけようと目論んでいた。

フランクは当時四十八才だったので新生児のクローンが誕生しても、これでは全く意味をなさないと考えていた。

そこで自身の細胞核のDNAサンプルを取り出してそれを操作し、自身と同じ年齢かつ同じ知能を持ち合わせたクローンの作製に成功した。

フランクは自身のクローンが目覚めた時、極めて慎重に振る舞った。というのも、兄弟のような関係性を築けなければ上手く操ることができないと考えたからだ。

そしてフランクは彼にジョージという名前を与え、弟として表向きは親睦を深めた。

フランクはある日、遠く離れた街の郊外にある高利貸しの家に鉈《なた》を持って押し入り、一家六人を殺害したうえ金を奪った。

そして当初の計画どおりジョージを犯人に仕立て上げた。

それから間もなくジョージは逮捕され、死刑判決を受けた。

ジョージは法廷で、

「俺じゃない!!　あいつにはめられたんだ!!」

と泣き喚き、狂乱したが司法は一向に聞き入れなかった。

時は流れ十六年後、フランクは閑散としたコテージで一人優雅に過ごしていた。

テレビをつけるとジョージが死刑執行されたというニュースが飛び込んできた。

その時、フランクの耳に、

「助けてくれーー!!　出してくれーー!!　死にたくないーー!!」

という声が聞こえてきた。

それはコテージに造られた地下室からの叫び声だった。

そこにいるのは唯一ことの真相を知る男だった。

テレビを消したフランクは笑いながら、こう呟いた。

「さよなら兄さん、アハハ……」

何と、死刑執行されたのはジョージではなく、フランクの方だったのだ。

フランクの策略を見破っていたジョージは捕まる前に美容整形手術を受け、顔を変えていた。

自身の秘密を知っているのは、顔を別人に変えた美容整形外科医だけだったのだ。

フランクが高利貸しから奪った金は全てジョージが密かに回収していたのだ。

だが、その真実を知る者は地下室に幽閉されている。

ジョージはその金でコテージを買い優雅に暮らしていた。

しばらくしてジョージはこう呟いた。

「同じＤＮＡサンプルで脳の構造も同一ならば兄さんの考えていることくらいお見通しだったんだよ」

と。

著者プロフィール

平岡 直也（ひらおか なおや）

1989年生まれ
岐阜県出身
名古屋外国語大学　英米語学科　中退
趣味　音楽鑑賞
本書が初めての著作

奇想

2021年1月15日　初版第1刷発行

著　者　平岡 直也
発行者　瓜谷 綱延
発行所　株式会社文芸社
〒160-0022　東京都新宿区新宿1－10－1
電話　03-5369-3060（代表）
03-5369-2299（販売）

印刷所　株式会社フクイン

ISBN978-4-286-22240-0